OCRÉDOF

Una historia inimaginable

J. A. MORAÑO

Aliarediciones

Corrección: Eladia Guerrero
Diseño de cubierta: Aliar Ediciones
Maquetación: Aliar Ediciones

Depósito Legal: GR 1544-2025
ISBN: 979-13-88058-07-3

Impreso en España

Edita
ALIAR Ediciones
www.aliarediciones.es
info@aliarediciones.es

OCRÉDOF

Una historia inimaginable

J. A. MORAÑO

NOTA DEL AUTOR

Esta es una historia que no debería existir. Una historia que nació de las sombras de la soledad, de los rincones más frágiles del corazón humano y de esas conexiones que, aunque efímeras, dejan una huella imborrable. Es una historia sobre amor, pérdida y la búsqueda de algo que no siempre podemos nombrar. Pero, sobre todo, es una historia sobre cómo lo impensable puede convertirse en realidad.

Basada en hechos reales, *Ocrédof: una historia inimaginable* es un relato que explora los límites entre lo que es real y lo que imaginamos, entre lo que perdemos y lo que encontramos en el camino. José, el protagonista, es un hombre como cualquier otro, alguien que un día se encontró al borde del abismo y decidió dar un paso al vacío, sin saber qué lo esperaba al otro lado.

Ocrédof, por su parte, es un misterio. Una presencia que llegó sin avisar y se fue sin despedirse, dejando más preguntas que respuestas. ¿Fue real? ¿Fue una creación de la mente de José? ¿O fue algo más, algo que no podemos explicar con palabras simples?

Esta historia no es solo sobre ellos. Es sobre todos aquellos que han sentido el peso de la soledad, que han buscado refugio en lugares inesperados y que han descubierto que, a veces, las respuestas no están afuera, sino dentro de nosotros mismos.

Te invito a adentrarte en estas páginas con el corazón abierto. Porque, aunque los nombres y los detalles hayan sido cambiados para proteger a quienes vivieron esta experiencia, las emociones que encontrarás aquí son tan reales como el aire que respiras.

Esta es una historia impensable. Pero, como descubrirás, lo impensable a veces es lo más real de todo.

La ruptura y la soledad

El apartamento estaba en silencio, excepto por el sonido de las gotas de lluvia golpeando la ventana. José estaba sentado en el sofá, con una taza de café frío entre las manos. La habitación parecía más grande ahora, más vacía. Laura se había llevado no solo sus cosas, sino también una parte de él.

—No entiendo por qué estás haciendo esto —había dicho Laura esa mañana, con voz temblorosa pero firme—. No somos felices, José. No lo hemos sido desde hace mucho tiempo.

Él había intentado protestar, decirle que podían arreglar las cosas, que el amor no se acaba de la noche a la mañana. Pero las palabras se atascaron en su garganta, y lo único que pudo hacer fue mirarla, impotente, mientras ella empacaba sus cosas en una maleta.

—¿En serio no hay nada que pueda hacer para que te quedes? —preguntó José, su voz apenas era un susurro.

Laura se detuvo, sosteniendo una camisa entre sus manos. Por un momento, pareció dudar, como si estuviera considerando la posibilidad de quedarse. Pero luego sacudió la cabeza y continuó empacando.

—No, José. Ya no hay nada que hacer.

Y así, con un portazo que resonó en su mente durante días, Laura se fue. José se quedó solo en el apartamento que alguna vez habían compartido, rodeado de recuerdos que ahora parecían burlarse de él.

La soledad se instala

Las semanas siguientes fueron un infierno. José intentó mantener la rutina: ir al trabajo, comer, dormir. Pero todo parecía carecer de sentido. Las noches eran las peores. Se sentaba en el sofá, mirando la televisión sin prestar atención, mientras la soledad lo envolvía como una manta pesada.

Una noche, mientras revisaba su teléfono sin rumbo, se encontró con un anuncio de un chat en línea. «Conoce gente nueva», decía el mensaje, acompañado de una imagen de personas sonrientes. José dudó por un momento, pero luego hizo clic en el enlace. No tenía nada que perder.

El primer contacto

El chat era sencillo: un espacio donde podías unirte a diferentes salas y hablar con extraños. José eligió una sala llamada «Nuevos comienzos» y comenzó a observar las conversaciones. La mayoría de los mensajes eran triviales, pero había algo reconfortante en ver a otras personas interactuar.

—Hola a todos —escribió José, probando suerte.

No pasó mucho tiempo antes de que alguien respondiera.

—Hola, ¿cómo estás? —preguntó una usuaria llamada Marta.

—Bien, supongo —respondió José—. Solo buscando conversación.

—¿Algo en particular? —preguntó Marta.

José dudó. No quería profundizar en su vida personal, pero algo en la forma en que Marta preguntó lo hizo sentir cómodo.

—Pasé por una ruptura recientemente —confesó—. Estoy tratando de distraerme.

—Lo siento mucho —respondió Marta—. Las rupturas son difíciles, pero el tiempo lo cura todo.

José asintió, aunque sabía que Marta no podía verlo. Continuaron hablando durante un rato, pero la conversación no llegó a ningún lado. Marta era amable, pero no había una conexión real.

En los días siguientes habló con más mujeres del chat, pero nada relevante, él sentía que algo no funcionaba en su interior.

La aparición de Carla

Fue unos días después, en una sala diferente, cuando José conoció a Carla. Su nombre de usuario era simplemente «Carla23», y su foto de perfil mostraba a una mujer de mirada triste pero cautivadora. José sintió algo diferente desde el primer mensaje.

—Hola —escribió Carla—. ¿Cómo estás?

—Bien, supongo —respondió José—. ¿Y tú?

—No tan bien —confesó Carla—. Las cosas en casa no están fáciles.

José sintió una punzada de curiosidad.

—¿Qué pasa? —preguntó.

Carla tardó un momento en responder.

—Mi marido... no es el hombre que creí que era. Y tengo dos hijos que dependen de mí. A veces siento que no puedo más.

José no sabía qué decir. No estaba acostumbrado a que alguien se abriera tan pronto con él, especialmente en un chat en línea. Pero algo en las palabras de Carla lo tocó profundamente.

—Lo siento mucho —escribió finalmente—. Debe ser muy difícil.

—Lo es —respondió Carla—. Pero hablar de ello me ayuda a sacar todo lo que tengo dentro. Gracias por escuchar.

José sonrió, sintiendo por primera vez en semanas que alguien lo necesitaba.

—No hay de qué —respondió—. Estoy aquí si quieres hablar.

El inicio de algo nuevo

A partir de ese día, José y Carla comenzaron a hablar todos los días. Carla le contaba sobre sus hijos, sobre su matrimonio fallido y sobre sus sueños frustrados. José, por su parte, le hablaba de Laura, de su soledad y de su lucha por seguir adelante.

—A veces siento que no hay salida —confesó Carla una noche.

—Yo también —respondió José—. Pero tal vez, si nos apoyamos mutuamente, podamos encontrar una. Pienso que deberías salir de ahí.

Carla no respondió de inmediato, pero cuando lo hizo sus palabras fueron simples pero poderosas.

—Gracias, José. Eres un buen amigo.

José sonrió, sintiendo una chispa de esperanza que no había sentido en mucho tiempo. Tal vez, solo tal vez, las cosas podían mejorar.

El accidente y el coma

Un día, tras una larga conversación con Carla, José salió a conducir distraído, pensando en ella. En un momento de descuido, sufrió un grave accidente de tráfico. El impacto lo dejó inconsciente, y fue llevado de urgencia al hospital, donde entró en coma.

Mientras estaba en coma, José experimentó sueños extraños y fragmentados. En ellos, Carla aparecía como una figura enigmática, a veces cercana y otras veces inalcanzable. También soñaba con una palabra que se repetía: «Ocrédof», pero no lograba entender su significado.

En los sueños, José se veía a sí mismo buscando a Carla en un laberinto interminable, como si su mente estuviera tratando de resolver algo que no podía comprender en la vida real. Estos sueños tenían un tono inquietante, como si algo no encajara en la historia que Carla le había contado.

José despertó del coma después de varios días. Después de varias jornadas de pruebas y análisis por fin fue dado de alta y pudo salir del hospital.

Lo primero que hizo fue buscar a Carla en el chat donde se conocieron, pero no encontró rastro de ella. El chat parecía haber desaparecido y no había registros de sus conversaciones. José, desesperado, comenzó a buscar en todos los chats y redes sociales que encontró en internet, pero no había ninguna señal de Carla.

Sus amigos y familiares le decían que nunca había mencionado a alguien con ese nombre. José revisó su teléfono, pero no había mensajes, fotos ni ningún otro indicio de que Carla hubiera existido. Es como si todo hubiera sido un sueño.

Fue entonces cuando comenzó a escuchar una voz en su interior: «No temas, José —dijo la voz—. Soy parte de ti, y tú eres parte de mí. Juntos, podemos ser cualquier cosa. Soy Ocrédof, soy algo que te sería muy difícil de comprender. Muchas personas me llaman ser de luz, ángel, conciencia... pero soy algo más, tu experiencia en el coma me ha abierto la puerta para estar contigo y ayudarte».

Al principio, José pensó que estaba alucinando, que el golpe en la cabeza lo había dejado con secuelas. Pero Ocrédof insistió, y poco a poco José comenzó a experimentar algo extraordinario. Cuando cerraba los ojos y se concentraba, podía sentir cómo su conciencia se expandía, cómo se fundía con el mundo que lo rodeaba.

—Prueba —dijo Ocrédof—. Conviértete en el viento.

José respiró hondo y cerró los ojos. De repente, sintió cómo su cuerpo se disolvía, cómo se convertía en una brisa suave que acariciaba las hojas de los árboles. Era una sensación liberadora, como si finalmente hubiera encontrado su verdadero lugar en el universo.

El reencuentro con Carla

Después de varias semanas sin saber nada de Carla, José recibió un mensaje inesperado en el chat. Era ella.

—Hola, José —escribió Carla—. Lo siento mucho por desaparecer. Las cosas aquí han estado... complicadas.

José sintió una mezcla de alivio y frustración. Quería preguntarle por qué había desaparecido, si estaba bien, si su marido la había lastimado. Pero en lugar de eso decidió contarle sobre Ocrédof.

—Carla, hay algo que necesito decirte —escribió José—. Tuve un accidente y he estado en coma. Gracias a Dios ya estoy bien, pero después del accidente algo cambió en mí. Hay una presencia dentro de mí, algo que me dice que puedo ser cualquier cosa que desee. El viento, la hierba, la luz del sol... ¿Crees que estoy loco?

Carla tardó en responder, pero cuando lo hizo sus palabras fueron sorprendentemente tranquilas.

—No creo que estés loco, José —escribió—. Creo que has encontrado algo que muy pocas personas llegan a entender. El mundo es más grande de lo que parece, y a veces las respuestas están en lugares que no podemos ver.

José sonrió, sintiendo que Carla lo entendía de una manera que nadie más podría. Le contó sobre su experiencia convirtiéndose en el viento, y Carla le respondió con una pregunta que lo dejó pensativo.

—Si pudieras ser cualquier cosa, ¿qué serías para mí? —preguntó Carla.

José cerró los ojos y pensó en la respuesta. No necesitaba mucho tiempo para saberlo.

—Seré cualquier cosa que desees —escribió—. Para estar siempre contigo, incluso cuando no puedas verme.

La huida al pueblo

Carla le contó entonces lo que había sucedido durante su ausencia. Su marido, Roberto, había encontrado el teléfono y lo había roto contra el suelo en un arranque de ira. Ella había tenido que esperar pacientemente, cuidando de sus hijos y planeando su escape en silencio. Finalmente, cuando Roberto salió a trabajar, Carla aprovechó la oportunidad para empacar lo esencial y huir con sus hijos al pueblo de su familia.

—No podía arriesgarme a que nos encontrara —escribió Carla—. Mis hijos son lo más importante para mí, y no podía permitir que siguieran viviendo en ese infierno.

José sintió una oleada de admiración por Carla. A pesar de todo lo que había pasado, ella había encontrado la fuerza para proteger a sus hijos y buscar una vida mejor.

—Eres increíble, Carla —escribió José—. No sé cómo haces para ser tan fuerte.

—No siempre me siento fuerte —confesó Carla—. Pero saber que tengo a alguien como tú, que me escucha y me apoya, me da fuerzas para seguir adelante.

El futuro incierto

A medida que José y Carla continuaban hablando, su conexión se profundizaba. Carla le contaba sobre su nueva vida en el pueblo, sobre cómo sus hijos estaban empezando a sonreír de nuevo, y sobre sus sueños de un futuro mejor. José, por su parte, sentía que había encontrado en Carla algo que no había tenido con Laura: una conexión genuina, basada en la comprensión y el apoyo mutuo.

Pero también sabían que el camino que tenían por delante no sería fácil. Roberto podía aparecer en cualquier momento, y Carla tendría que enfrentarse a él para proteger a sus hijos. José, por su parte, tendría que lidiar con sus propios demonios, con la presencia de Ocrédof dentro de él y con la incertidumbre de lo que significaba ser capaz de convertirse en cualquier cosa que deseara.

Después de semanas de relativa calma en el pueblo, Carla comenzó a sentir que su nueva vida era posible. Sus hijos, Mateo y Valentina, estaban más relajados, y ella misma empezaba a sonreír de nuevo. Pero esa sensación de paz se rompió una tarde, cuando un vecino llegó corriendo a la casa de su familia.

—Carla, hay un hombre preguntando por ti —dijo el vecino, con voz agitada—. Dice que es tu marido.

El corazón de Carla se detuvo por un momento. Sabía que Roberto no se daría por vencido tan fácilmente, pero no esperaba que la encontrara tan pronto. Rápidamente, corrió hacia la ventana y vio a Roberto al final de la calle, hablando con otro vecino y señalando hacia la casa.

—Mamá, ¿qué pasa? —preguntó Mateo, asustado por la expresión de su madre.

—Nada, cariño —mintió Carla, tratando de mantener la calma—. Solo quedaos aquí con vuestra abuela.

Carla corrió hacia la cocina, donde su madre estaba preparando la cena.

—Roberto está aquí —dijo Carla, con voz temblorosa—. Tenemos que hacer algo.

Su madre, una mujer fuerte y decidida, no perdió el tiempo.

—Vamos a llamar a la policía —dijo, tomando el teléfono—. No vamos a dejar que te haga daño.

Pero Carla sabía que la policía tardaría en llegar, y Roberto ya estaba avanzando hacia la casa. Podía escuchar su voz, cada vez más fuerte, exigiendo que saliera.

—¡Carla! ¡Sé que estás aquí! —gritó Roberto, golpeando la puerta—. ¡No puedes esconderte de mí para siempre!

En ese momento de desesperación, Carla recordó las palabras de José: «Puedo ser lo que desees». No sabía si era real o solo una fantasía, pero no tenía nada que perder.

—José, si realmente puedes oírme —susurró Carla, cerrando los ojos—, deseo que aparezca la policía. Por favor, ayúdanos.

En ese instante, algo extraño sucedió. Afuera se escuchó el sonido de sirenas acercándose rápidamente. Carla abrió los ojos, incrédula, y corrió hacia la ventana. Dos coches de policía entraban en la calle, con las luces girando y las sirenas a todo volumen. Pero su madre aún no había llamado a la policía.

Roberto, sorprendido por la repentina aparición de la policía, intentó huir, pero los agentes lo detuvieron rápidamente. Carla y su familia observaron desde la ventana mientras Roberto era esposado y llevado a uno de los coches.

Carla sintió una oleada de alivio, pero también de incredulidad. ¿Había sido José? ¿Había sido Ocrédof? No lo sabía, pero en ese momento no le importaba. Lo único que importaba era que sus hijos estaban a salvo.

Esa noche, Carla se conectó al chat desde el teléfono de su madre. Necesitaba hablar con José, necesitaba saber si había sido él.

—José, ¿estás ahí? —escribió Carla, con manos temblorosas.

No pasó mucho tiempo antes de que José respondiera.

—Sí, estoy aquí —escribió José—. ¿Qué pasó, Carla? ¿Estás bien?

Carla le contó todo: la aparición de Roberto, su desesperación, su deseo de que apareciera la policía, y cómo, de repente, las sirenas habían llegado justo a tiempo.

—Fue increíble, José —escribió Carla—. ¿Fuiste tú? ¿Fue Ocrédof?

José tardó un momento en responder.

—No lo sé, Carla, solo sentí algo en mi interior que me hizo quedarme en éxtasis durante unos minutos —escribió finalmente—. Pero me siento feliz de que estés a salvo.

Carla sonrió, sintiendo una conexión aún más profunda con José. No sabía cómo funcionaba Ocrédof, pero sabía que, de alguna manera, José había estado allí para ella.

Aunque Roberto estaba detenido, Carla sabía que la lucha no había terminado. Tendría que enfrentarse a él en los tribunales, tendría que proteger a sus hijos y reconstruir su vida desde cero. Pero por primera vez en mucho tiempo sentía que no estaba sola.

José, por su parte, seguía explorando su conexión con Ocrédof. Sabía que había algo más en esa presencia dentro de él, algo que podía ayudarlo a conectarse con Carla de maneras que no entendía del todo. Pero también sabía que debía tener cuidado, que no podía dejar que Ocrédof lo consumiera.

José estaba sentado en su apartamento, mirando fijamente la pantalla de su computadora. Había enviado varios mensajes a Carla preguntándole su dirección, pero no había recibido respuesta. Sabía que el viaje sería largo, más de 1000 kilómetros, pero estaba decidido a ir. Necesitaba verla, necesitaba asegurarse de que estaba bien.

—Carla, por favor —escribió José—. Solo dime dónde estás. Quiero verte, quiero ayudarte.

Pero Carla no respondía. José sabía que tenía miedo, que Roberto, a pesar de la orden de alejamiento de 500 metros, seguía siendo una amenaza. Pero no podía quedarse de brazos cruzados. Tenía que hacer algo.

Fue entonces cuando Ocrédof habló en su mente: «¿Quieres ver dónde está Carla? —preguntó la voz, suave pero firme—. Podemos ser un halcón y buscarla».

José cerró los ojos, sintiendo una mezcla de emoción y temor. No entendía completamente cómo funcionaba Ocrédof, pero sabía que era su única esperanza.

—Sí —susurró José—. Llévame a ella.

En un instante, José sintió cómo su cuerpo se transformaba. Sus brazos se convirtieron en alas, sus ojos se aguzaron y su mente se llenó de una claridad que nunca antes había experimentado. Era un halcón, ágil y poderoso, listo para surcar los cielos en busca de Carla.

Con un fuerte aleteo, José despegó desde la ventana de su apartamento, ascendiendo rápidamente hacia el cielo. El viento acariciaba sus plumas y la sensación de libertad era abrumadora. Desde lo alto, podía ver el mundo de una manera completamente nueva.

El halcón voló durante horas, siguiendo un instinto que no podía explicar. Sabía que Carla estaba en un pueblo, pero no sabía exactamente dónde. Sin embargo, Ocrédof lo guiaba, como una brújula interna que lo llevaba hacia ella.

Finalmente, después de un largo viaje, José llegó a un pequeño pueblo rodeado de montañas. Desde el cielo, podía ver las calles tranquilas, las casas de techos rojos y la plaza central donde los niños jugaban. Pero lo que más llamó su atención fue una casa en las afueras del pueblo, rodeada de árboles y con un jardín lleno de flores.

El halcón descendió lentamente, posándose en una rama cerca de la casa. Desde allí, podía ver a Carla sentada en el porche, leyendo un libro mientras sus hijos jugaban en el jardín. Estaba bien, estaba a salvo.

José no podía hablar en su forma de halcón, pero sabía que Carla lo sentiría. Con un suave aleteo, se acercó a ella, posándose en el borde del porche. Carla levantó la vista, sorprendida por la presencia del halcón.

—Qué hermoso eres —susurró Carla, extendiendo una mano con cuidado.

José se acercó un poco más, permitiendo que Carla lo tocara suavemente. En ese momento, sintió una conexión profunda, como si Carla supiera que era él.

—José —susurró Carla, con lágrimas en los ojos—. ¿Eres tú?

José no podía responder, pero inclinó la cabeza, como si estuviera asintiendo. Carla sonrió, sintiendo una paz que no había sentido en mucho tiempo.

Después de unos momentos, José supo que tenía que regresar. Con un último aleteo, despegó del porche y ascendió hacia el cielo. Carla lo miró hasta que desapareció en el horizonte, sintiendo que, de alguna manera, José siempre estaría con ella.

Cuando José regresó a su apartamento, se sintió agotado pero feliz. Sabía que Carla estaba bien, y eso era todo lo que importaba. Ocrédof había cumplido su promesa, y José sentía que su conexión con Carla era más fuerte que nunca.

Era una mañana fresca y luminosa. Carla había dejado a sus hijos, Mateo y Valentina, en el colegio, y decidió dar un paseo por el campo para despejar su mente. El aire olía a hierba mojada y flores silvestres, y el canto de los pájaros llenaba el ambiente de una calma que rara vez experimentaba. Aunque su vida estaba lejos de ser perfecta, esos pequeños momentos de paz le recordaban que aún había belleza en el mundo.

Mientras caminaba, Carla no pudo evitar pensar en José. Había sido su refugio en los momentos más oscuros, su confidente, su amigo. Pero últimamente sus pensamientos sobre él habían tomado un giro más íntimo. Recordaba sus conversaciones, sus palabras de apoyo, y cómo, a pesar de la distancia, sentía que él estaba siempre cerca.

De repente, un deseo irresistible la invadió. No solo quería hablar con José, quería sentirlo. Quería que estuviera allí, a su lado, acariciándola, besándola. Era un anhelo tan intenso que casi la dejó sin aliento.

Carla miró a su alrededor. Estaba sola en medio del campo, rodeada de naturaleza. Sin pensarlo dos veces, se tumbó en la hierba, sintiendo cómo las briznas frescas tocaban su piel. Cerró los ojos y se dejó llevar por la fantasía.

En su mente, José estaba allí, acostado a su lado. Podía sentir su calor, su respiración cerca de su oído. Sus manos la acariciaban suavemente, recorriendo su brazo, su cintura, su cuello. Cada toque era una promesa, un susurro de que todo estaría bien.

—José —susurró Carla, sin darse cuenta de que había pronunciado su nombre en voz alta—. Estás aquí, ¿verdad?

En ese momento, algo extraordinario sucedió. La hierba que la rodeaba comenzó a crecer suavemente, envolviendo su cuerpo como si fuera una extensión de las caricias que imaginaba. Las briznas se deslizaban por su piel, cálidas y suaves, como si estuvieran vivas. Carla sintió un escalofrío, pero no era de miedo. Era de placer, de una conexión profunda con algo que no podía explicar.

—¿Eres tú, José? —preguntó Carla, con los ojos aún cerrados, sintiendo cómo la naturaleza respondía a su deseo.

A cientos de kilómetros de distancia, José estaba sentado en su apartamento, meditando. Había estado intentando conectarse con Ocrédof, explorando los límites de su nueva habilidad. De repente, sintió un tirón en su pecho, como si algo lo llamara con urgencia.

—Carla —murmuró José, sintiendo su presencia como si estuviera justo frente a él.

Ocrédof habló en su mente, su voz era calmada pero firme.

—Ella te necesita —dijo Ocrédof—. ¿Quieres ir a ella?

José no lo dudó.

—Sí. Llévame a ella.

En un instante, José sintió cómo su conciencia se expandía, cómo se fundía con el mundo que lo rodeaba. No se transformó en un halcón esta vez, sino que se convirtió en algo más etéreo, más íntimo. Se convirtió en la hierba, en el viento, en la tierra que tocaba a Carla.

Desde esa nueva forma, José pudo sentir a Carla como nunca antes. Sintió su calor, su respiración, el latido de su corazón. Y supo que ella lo sentía a él.

Carla seguía tumbada en la hierba, completamente envuelta en la experiencia. Las caricias de la naturaleza se intensificaron, como si José estuviera realmente allí, tocándola, besándola. Podía sentir su presencia en cada brizna de hierba, en cada ráfaga de viento que acariciaba su piel.

—José —susurró Carla de nuevo, esta vez con una sonrisa en los labios—. Sé que eres tú.

En ese momento, una ráfaga de viento cálido rodeó su cuerpo, como un abrazo. Carla sintió una oleada de emociones: amor, protección, deseo. Era como si José le estuviera diciendo, sin palabras, que siempre estaría con ella, que nunca la dejaría sola.

El regreso a la realidad

Poco a poco, las sensaciones comenzaron a desvanecerse. La hierba volvió a su estado normal, y el viento se calmó. Carla abrió los ojos, sintiéndose renovada, como si hubiera experimentado algo mágico.

Se incorporó lentamente, mirando a su alrededor. El campo estaba igual que antes, pero ella sabía que algo había cambiado. José había estado allí, de alguna manera, y eso la llenó de una paz que no había sentido en mucho tiempo.

José estaba sentado en su apartamento, mirando fijamente las paredes vacías. Las imágenes que había visto mientras era un halcón no dejaban de dar vueltas en su mente: el pequeño pueblo rodeado de montañas, las casas de techos rojos, la plaza central donde los niños jugaban, y la casa en las afueras, rodeada de árboles y con un jardín lleno de flores. Sabía que Carla estaba allí, en ese lugar, y no podía quedarse de brazos cruzados.

—Tengo que ir —dijo José en voz alta, como si necesitara escucharse a sí mismo para creerlo.

Ocrédof habló en su mente, su voz era calmada pero firme.

—¿Estás seguro? —preguntó Ocrédof—. Es un viaje largo, y no sabes exactamente dónde está.

—No importa —respondió José, con determinación—. Tengo que verla. Tengo que estar con ella.

Sin perder más tiempo, José empacó una mochila con lo esencial: ropa, algo de comida, un mapa y su teléfono. Sabía que el viaje sería largo, más de 1000 kilómetros, pero no le importaba. Nada importaba más que encontrar a Carla.

José salió de su apartamento al amanecer, con el sol apenas asomándose en el horizonte. El aire fresco de la mañana lo despertó por completo, y se sintió listo para lo que fuera que el viaje le deparara.

Condujo durante horas, atravesando ciudades, pueblos y largas extensiones de campo. El paisaje cambiaba a medida que avanzaba, pero las imágenes del pueblo que había visto como halcón seguían frescas en su mente. Sabía que estaba en el camino correcto.

Durante el viaje, José no pudo evitar pensar en Carla. Recordaba sus conversaciones, sus risas, sus confesiones. Recordaba cómo ella le había dado esperanza cuando más lo necesitaba, y cómo, a pesar de la distancia, sentía que ella era una parte esencial de su vida.

—Pronto, Carla —murmuró José, mientras conducía—. Pronto estaré contigo.

La llegada al pueblo

Después de dos días de viaje, José finalmente llegó al pueblo que había visto en sus visiones. Era exactamente como lo recordaba: las casas de techos rojos, la plaza central, los niños jugando. Sintió una oleada de emoción al saber que estaba cerca de Carla.

Estacionó su coche en la plaza y comenzó a caminar, preguntando a los vecinos si conocían a Carla. Al principio, no tuvo suerte, pero finalmente un anciano le indicó el camino hacia una casa en las afueras del pueblo.

—Es la casa de la familia de Carla —dijo el anciano—. La reconocerás por el jardín lleno de flores.

José sintió que su corazón latía más rápido. Estaba cerca, tan cerca.

El encuentro

Cuando José llegó a la casa, vio a Carla sentada en el porche, leyendo un libro. Estaba tan concentrada que no lo vio acercarse. José se detuvo por un momento, observándola. Era aún más hermosa de lo que recordaba.

—¿Carla? —pregunto, con voz temblorosa pero llena de emoción.

Carla levantó la vista, sorprendida. Por un momento, no podía creer lo que veía.

—José —susurró Carla, con lágrimas en los ojos—. ¿Eres tú?

José sonrió, sintiendo una paz que no había sentido en mucho tiempo.

—Sí, soy yo —respondió José—. Vine a buscarte.

Carla se levantó y corrió hacia él, abrazándolo con fuerza. José la abrazó de vuelta, sintiendo que, por fin, había encontrado su lugar en el mundo.

Cuando José llegó a la casa de la familia de Carla, no fue recibido con los brazos abiertos. La familia de Carla, compuesta por su madre, su padre y su hermano mayor, lo miraron con escepticismo y un poco de desconfianza. Después de todo, Carla había llegado al pueblo huyendo de un matrimonio abusivo, y la aparición de un hombre desconocido no era algo que tomaran a la ligera.

Se abrió la puerta y salió un hombre mayor con pelo blanco y bastante curtido por el trabajo en el campo.

—¿Y tú quién eres? —preguntó el padre de Carla, con voz firme pero no hostil.

—Soy José —respondió José, tratando de mantener la calma—. Un amigo de Carla.

—Papá, mamá, este es José —dijo Carla, con una sonrisa—. Es quien me ayudó a tomar la decisión de dejar a Roberto.

La familia de Carla intercambió miradas, aún un poco incrédulos, pero dispuestos a escuchar.

Carla les contó todo: cómo había conocido a José en el chat, cómo él la había apoyado emocionalmente durante los momentos más difíciles, y cómo, gracias a sus conversaciones, había encontrado la fuerza para dejar a Roberto y empezar de nuevo.

—José estuvo ahí para mí cuando nadie más lo estaba —dijo Carla, con lágrimas en los ojos—. Me ayudó a ver que merecía algo mejor, que mis hijos merecían algo mejor.

La familia de Carla escuchó en silencio, sintiendo una mezcla de alivio y gratitud hacia José. Aunque aún tenían sus reservas, no podían negar que él había sido una parte importante en la decisión de Carla de escapar de Roberto.

Después de la explicación de Carla, la actitud de la familia comenzó a cambiar. La madre de Carla se acercó a José y le dio un abrazo.

—Gracias por estar ahí para ella —dijo la madre, con voz emocionada—. No sabes cuánto significa para nosotros.

El padre de Carla asintió, extendiendo su mano hacia José.

—Bienvenido a la familia —dijo el padre, con una sonrisa—. Espero que sepas lo que estás haciendo.

José sonrió, sintiendo una oleada de alivio y felicidad.

—Lo sé —respondió José—. Carla y sus hijos son lo más importante para mí.

Aunque la familia de Carla había aceptado a José, sabían que el camino por delante no sería fácil. Roberto seguía siendo una amenaza, y tendrían que enfrentarse a él en los tribunales para proteger a Carla y a sus hijos. Pero por primera vez en mucho tiempo Carla se sintió apoyada, no solo por su familia, sino también por José.

José, por su parte, sabía que su conexión con Ocrédof lo había llevado hasta allí, pero también sabía que debía tener cuidado. No podía dejar que Ocrédof lo consumiera, pero tampoco podía negar que era una parte esencial de sí mismo.

La despedida

Después de unos días en el pueblo, José sabía que tenía que regresar. Su trabajo lo esperaba, y aunque no quería dejar a Carla, sabía que no podía abandonar sus responsabilidades. La mañana de su partida, Carla lo acompañó hasta su coche.

—No quiero que te vayas —dijo Carla, con lágrimas en los ojos—. Pero sé que tienes que hacerlo.

José la abrazó con fuerza, sintiendo el peso de la despedida.

—No te preocupes —dijo José—. No estoy dejándote. Solo estoy yendo a hacer lo que tengo que hacer. Pero estaré contigo, siempre.

Carla asintió, tratando de sonreír a través de las lágrimas.

—Prométeme que volverás —dijo Carla.

—Te lo prometo —respondió José, con firmeza—. Y mientras tanto estaré contigo de otras maneras.

El regreso a casa

El viaje de regreso fue largo y solitario. José pensó en Carla todo el tiempo, en cómo la había dejado con su familia, en cómo la protegerían, pero también en cómo él podía seguir ayudándola desde la distancia. Sabía que Ocrédof era la clave.

Cuando llegó a su apartamento, José se sentó en el sofá, cerrando los ojos y concentrándose en Ocrédof.

—¿Estás ahí? —preguntó José, en voz baja.

—Siempre —respondió Ocrédof, su voz resonaba en su mente—. ¿Qué necesitas?

—Necesito seguir ayudando a Carla —dijo José—. No puedo estar allí físicamente, pero quiero estar allí para ella, de la manera que sea.

Ocrédof no respondió de inmediato, pero José sintió una oleada de energía, como si su conexión con Carla se fortaleciera.

La ayuda de Ocrédof

En los días siguientes, José comenzó a experimentar con su conexión con Ocrédof. Aprendió a enviar mensajes a Carla a través de sueños, a sentir cuándo estaba en peligro y a intervenir de maneras sutiles pero efectivas.

Una noche, mientras Carla caminaba por el pueblo, sintió una presencia familiar. Era como si José estuviera allí, protegiéndola. Cuando un perro callejero comenzó a ladrarle agresivamente, una ráfaga de viento lo ahuyentó y Carla supo que era José.

—Gracias —susurró Carla, sintiendo una paz que no había sentido en mucho tiempo.

Aunque José y Carla estaban separados por la distancia, su conexión era más fuerte que nunca. José sabía que tenía que seguir explorando su conexión con Ocrédof, pero también sabía que debía tener cuidado. No podía dejar que Ocrédof lo consumiera, pero tampoco podía negar que era una parte esencial de sí mismo.

Carla, por su parte, se sentía más segura y protegida que nunca. Sabía que, aunque José no estaba físicamente con ella, siempre estaría allí, de una manera u otra.

José regresó a su rutina diaria, pero su mente y su corazón estaban lejos, en ese pequeño pueblo rodeado de montañas donde Carla y sus hijos intentaban reconstruir sus vidas. Aunque el trabajo lo mantenía ocupado, siempre encontraba momentos para conectarse con Carla a través de mensajes y llamadas. Pero no era suficiente. José sabía que Carla aún estaba en peligro, y que Roberto, a pesar de la orden de alejamiento, seguía siendo una amenaza latente.

Una noche, mientras José meditaba en su apartamento, Ocrédof habló en su mente.

—¿Qué más puedes hacer por ella? —preguntó Ocrédof, como si estuviera desafiándolo a ir más allá.

José cerró los ojos y pensó en Carla. Quería protegerla, quería asegurarse de que estuviera a salvo, pero también quería que supiera que él estaba con ella, incluso a distancia.

—Enséñame —dijo José—. Enséñame cómo puedo ayudarla desde aquí.

Ocrédof no respondió con palabras, sino con una sensación. José sintió cómo su conciencia se expandía, cómo se conectaba con el mundo que lo rodeaba de una manera que nunca antes había experimentado.

La protección de Ocrédof

En el pueblo, Carla comenzó a notar cosas extrañas. Pequeños detalles que le hacían sentir que José estaba cerca, aunque sabía que estaba a cientos de kilómetros de distancia. Una tarde, mientras paseaba por el campo con sus hijos, un grupo de pájaros voló en círculos sobre ellos, como si los estuvieran protegiendo. Carla sonrió, sabiendo que era José.

—Mira, mamá —dijo Mateo, señalando hacia el cielo—. Los pájaros están bailando.

Carla rio, sintiendo una paz que no había sentido en mucho tiempo.

—Sí, cariño —dijo Carla—. Están bailando para nosotros.

Otra vez, cuando Carla estaba en el mercado del pueblo, un viento suave la guio hacia un puesto donde encontró un libro que había estado buscando durante semanas. Era como si José estuviera allí, cuidando de ella en las pequeñas cosas.

El peligro de Roberto

Pero no todo era tranquilidad. Roberto, enfurecido por la huida de Carla y la orden de alejamiento, comenzó a acosarla desde la distancia. Llamadas anónimas, mensajes amenazantes, y hasta un par de veces Carla juró haberlo visto merodeando cerca del pueblo. La familia de Carla estaba preocupada, y José lo sentía a través de Ocrédof.

Una noche, mientras Carla dormía, José sintió una oleada de ansiedad a través de su conexión con Ocrédof. Algo no estaba bien. Concentrándose, José se transformó en el viento y viajó hasta el pueblo. Desde el cielo, pudo ver a Roberto acercándose sigilosamente a la casa de Carla.

José no lo pensó dos veces. Usando su conexión con Ocrédof, hizo que una fuerte ráfaga de viento golpeara a Roberto, haciéndolo caer al suelo. Los perros del pueblo comenzaron a ladrar, alertando a los vecinos. Roberto, asustado y confundido, huyó antes de que alguien pudiera atraparlo.

Carla despertó sobresaltada, sintiendo que algo había pasado. Miró por la ventana y vio a los vecinos reunidos en la calle, hablando en voz baja. No sabía qué había sucedido, pero sintió que José había estado allí, protegiéndola una vez más.

Después del incidente con Roberto, José supo que no podía seguir ayudando a Carla solo a través de Ocrédof. Necesitaba estar allí, físicamente, para protegerla y apoyarla. Habló con su jefe y logró arreglar un permiso prolongado en el trabajo.

Esta vez, no solo iría de visita; se quedaría el tiempo que fuera necesario.

Cuando José llegó al pueblo, Carla lo recibió con una mezcla de alivio y felicidad.

—No puedo creer que estés aquí —dijo Carla, abrazándolo con fuerza.

—Prometí que volvería —respondió José—. Y esta vez no me voy hasta que estés a salvo.

La familia de Carla, aunque aún un poco escéptica, aceptó la presencia de José. Sabían que él era una parte importante en la vida de Carla y que su ayuda era inestimable.

Con José en el pueblo, Carla se sintió más segura que nunca. Juntos, enfrentaron los desafíos que se presentaron, desde las amenazas de Roberto hasta los trámites legales para asegurar su protección y la de sus hijos. José usó su conexión con Ocrédof para ayudar en lo que pudo, pero también supo cuándo era necesario actuar como un hombre común, con determinación y valentía.

Con el tiempo, la relación entre José y Carla se fortaleció. Lo que había comenzado como una conexión en un chat se había convertido en un amor profundo y real. Carla sabía que José era alguien en quien podía confiar, alguien que estaría allí para ella sin importar lo que sucediera.

La decisión de mudarse

Después de meses de vivir en el pueblo, Carla y José sabían que no podían seguir así. Aunque Roberto había dejado de ser una amenaza inmediata gracias a las acciones legales y la protección de Ocrédof, ambos sentían que necesitaban un nuevo comienzo, lejos de cualquier rastro que pudiera llevar a Roberto hasta ellos.

Una tarde, mientras paseaban por el campo, José tomó la mano de Carla y la miró a los ojos.

—Carla, no podemos seguir viviendo con miedo —dijo José, con voz firme pero llena de cariño—. Tenemos que irnos, empezar de nuevo en un lugar donde Roberto no pueda encontrarnos.

Carla lo miró, sintiendo una mezcla de miedo y esperanza.

—¿Y adónde iríamos? —preguntó Carla, con voz temblorosa.

—A mi casa —respondió José—. Podemos vivir allí, lejos de todo esto. Será un nuevo comienzo para nosotros, para Mateo y Valentina.

Carla dudó por un momento, pero luego asintió.

—Está bien —dijo Carla—. Vámonos.

El viaje hacia la seguridad

El viaje hacia la casa de José fue largo, pero lleno de esperanza. Los niños, Mateo y Valentina, estaban emocionados por la aventura, y Carla se sentía más segura que nunca con José a su lado. Durante el viaje, José sintió la presencia de Ocrédof más fuerte que nunca, como si supiera que su tiempo estaba llegando a su fin.

—¿Estás listo para esto? —preguntó Ocrédof, en la mente de José.

—Sí —respondió José, con determinación—. Es hora de que Carla y yo vivamos nuestra vida, sin miedo.

Ocrédof no respondió, pero José sintió una oleada de energía, como si estuviera dando su bendición.

Cuando llegaron al hogar de José, Carla y los niños se sintieron como en casa. Era un lugar acogedor, lleno de luz y amor. José había preparado todo para su llegada, y Carla no pudo evitar sentirse emocionada por el futuro que les esperaba.

—Es perfecto —dijo Carla, mirando alrededor—. Gracias, José.

—No hay de qué —respondió José, sonriendo—. Esto es nuestro hogar ahora.

Los niños corrieron por la casa, explorando cada rincón, mientras José y Carla se sentaban en el sofá, disfrutando del momento.

La despedida de Ocrédof

Una noche, mientras José estaba sentado en el jardín, sintió una presencia familiar. Era Ocrédof, pero esta vez su voz era más suave, más distante.

—Es hora de que me vaya —dijo Ocrédof, en la mente de José.

José sintió una oleada de tristeza, pero también de gratitud.

—Gracias por todo —dijo José, con voz emocionada—. No podría haberlo hecho sin ti.

Ocrédof no respondió, pero José sintió una última oleada de energía, como si estuviera diciendo adiós. En ese momento, supo que Ocrédof había desaparecido de su mente y su cuerpo, dejándolo en paz.

Esa noche, José y Carla se fueron a la cama, sintiendo una conexión más profunda que nunca. Sabían que habían superado todo, que habían encontrado el amor verdadero y que nada podría separarlos.

—Te amo, José —dijo Carla, mirándolo a los ojos.

—Yo también te amo, Carla —respondió José, abrazándola con fuerza.

Hicieron el amor como nunca antes, sintiendo que eran uno, que habían encontrado su lugar en el mundo.

José y Carla estaban abrazados, mirando el amanecer desde la ventana de su habitación. Sabían que el camino por delante no sería fácil, pero también sabían que juntos podían enfrentar cualquier cosa.

La última línea podría ser algo como: «A veces, el amor no necesita un cuerpo para existir. A veces, el amor es el viento, la hierba, la luz del sol. A veces, el amor es todo y nada al mismo tiempo».

Índice

Este libro se terminó de editar en Granada
en noviembre de 2025 por

Aliarediciones

www.aliarediciones.es
info@aliarediciones.es